文芸社セレクション

インパチェンス

青山 栄皇

文芸社

麦の穂が、揺れている。春の陽射しが降り注ぐ畑の畦道を、虎《トラ》の子供が、トボトボと歩いている。

「お前は、虎のくせに、闘争心が全然出ていない！　情けない！　とても俺の息子とは思えない。母親が甘やかし過ぎたためだ！」

父親の虎が、軟弱な息子の虎を、怒鳴りつけた。

「闘争心が出ない虎は、虎ではない！　腑抜けの屑《クズ》だ！　今日から、お前とは縁を切る。とっとと出て行け！」

虎の子供は、父親から、勘当されたのである。この子供は、生まれつき体が弱く、病氣や怪我をしょっちゅう繰り返していた。そのため、母親が過保護に育て、ますます軟弱になってしまった。

（親にも捨てられ……ボクなどこの世に必要ないんだ……死んだ方がマ

シだ……）

虎の子供は、滝壺へ、身を投じた。

「おお〜〜っ氣が付いたか！　良かった！　良かった」

虎の子供が目を開けると、周囲には、兎《ウサギ》の家族が見守っていた。

「あんたは、運が良い。川岸に打ち上げられたが、まだ生きていた」

虎の子供は、不思議そうな顔をして、「なぜ、兎のあなたが、虎の私を助けたのですか？」

長老の兎は、笑って答えた。「あんたは、優しさの分かる虎だからだ」

虎の子供は、不安であった。

「私の様な氣の弱い者が、生きてゆけるのでしょうか？　心配でたまりません……」

長老は、「ハハハ……大丈夫だ！〝氣〟そのものに強い弱いの区別はない。氣をたくさん出せる者が強い者、出し方が少ない者が弱い者だ。

だから、あんたも修行して、氣をたくさん出せる様になれば、強い者に成れるのだ！」

「本当ですか？　……でも、どうやったら、氣を出せるのでしょうか？」

「それは、簡単だ。『氣を出す！　氣を出す！　氣を出す！　……』と、心の中で唱え続ければ良い。氣は、出せば出す程、入ってくるものなのだ。宇宙エネルギーと、言っても良い」

　虎の子供は、目を白黒させ、分かった様な、分からない様な……

長老の兎は、虎の子供を、中庭に案内した。地面を見ると、蟻や丸虫が、モゾモゾ這っている。

「あんたに見せたい物がある。ついて来なさい」

　長老は、「この丸虫を見なさい！」

　丸虫は、例によって、ゆっくり動いている。一匹の蟻が、丸虫に近づいてきた。だが、すぐ手前で、進路を変えて、離れ去った。他の蟻も同じである。

長老は言った。

「元氣な丸虫は、氣をたくさん出している。それに圧倒され、蟻は近づけないんだ」

虎の子供は、見入っている。

「次は、この丸虫だ！」

長老の指した丸虫は、怪我でもしたのか、動きが鈍く、弱々しい。その丸虫に、蟻が近づいてきた。一瞬、ためらった後いきなり、丸虫に襲い掛かった。驚いた丸虫は、蟻を振り落とそうと、必死に体を、左右に反転させた。蟻は驚き、すぐさま、丸虫から離れて行った。だが、途中で引き返し、再び、丸虫に噛み付いた。丸虫は、死に物狂いで、バタバタと大きく体を揺さぶる。蟻は、一旦、逃げるが、又、丸虫を襲う。

——この繰り返しである。

長老は、「体の弱った丸虫は、氣の出し方が足りないため、蟻に、付け入る隙を与える。元氣な蟻から見ると、ついちょっかいを出したくなり、あわよくば、喰い殺して餌にしようという氣にさせる。だが、丸虫にも意地がある。（蟻ごときに負けてたまるか！）と。氣力、体力を振りしぼって、闘うのである」

長老の兎は、虎の子供に、諭《さと》す様に言った。

「体調の悪い時程、普段以上に一生懸命に、氣を出し続けねばならないのだ！　あんたも強くなりたければ、朝から晩まで一日中、氣を出す修行を積む事だ。氣を出す時は、宇宙の壁をブチ破るつもりで、氣を出せ！」

「ハイ！　よく分かりました！」

それから、長老の兎と虎の子供は、師匠と弟子の関係となり、厳しい修行が始まったのである。

まず、10kmのランニングが日課となった。途中でサボると、三日間食事抜きである。崖を掛け上がったり、急流を泳がされたり、毒蛇と対戦させられたりした。

氣力だけでなく、体力も極限状態まで鍛え上げる日々が続いた。氣を出す修行を積み、たくさん氣を出せる様になると、体もどんどん丈夫になっていった。即ち、心が体を動かすのである。

一年が過ぎ、二年が過ぎる頃になると、あの軟弱な虎の子供は、見違える程、逞《たくま》しい青年の虎に変貌した。そして、……兎の娘に恋をして、密かにデートを重ねていた。

さらに、修行は続き、遂に、三年の月日が流れた。

紅葉したもみじが、はらはらと舞い散る頃、師匠の兎は、虎の青年を呼んだ。

「お前に教える事は、もうない」

そして、急に険しい顔になり、こう言い放った。

「わしを殺せ！」

「え？　……」

「兎には兎の生き方がある様に、虎には虎の生き方がある。さあ、わしを喰い殺してみろ！」

「で、できません……師匠を殺す事など、私には、できません……」

「馬鹿者っ！」

虎の青年は、氣が動転し、師匠の許から逃げ去った。そして、林の中を、当てもなくフラフラと彷徨い続けた。

数日後、虎と仲の良いイタチが、血相変えて、スッ飛んで来た。

「大変だ！　お前の師匠が、殺されたぞ！」

「え……」

「師匠の家族全員、喰い殺されちまったぞ！」

「だ、誰に？　……」

虎の青年は、一目散に、師匠の家に駆け付けた。

土間には、血まみれの兎の死骸が転がっていた。――傍には、あの父・・・親の虎が、悠然と立っていた。

虎の青年は、「父親《オヤジ》、な、なぜ……」

父親は、「虎が兎を喰い殺して、何が悪いのだ！」

息子の虎は、怒りを覚え、体がワナワナと震えてきた。

父親は、「お前は、野菜しか食べられない腑抜けの虎だと、世間では評判だ。おまけに、兎の家族と同居して生活しているなど、笑止千万！　どこまで生き恥をさらせば氣が済むのだ！」

「……」

「フン！　何が、兎の師匠だ！　一撃でブチ殺してやった！　ガハハハ……」

息子の怒りは、頂点に達していた。

「お前、事もあろうに、兎の娘に惚れてたそうだな、クズ野郎！　あの娘、俺の顔を見て、命乞いしやがった。目に涙を浮かべ、『助けて下さい……お願いします』俺も一発で殺すのは惜しいから、足を一本ずつ喰いちぎって、なぶり殺してやったワ！」

「やめろ〜〜っ！」

氣が付くと、息子は、父親を殺していた。

父親は、死ぬ間際に、「お前も強くなったな……それでこそ、俺の息子、百獣の王だ」と、呟き、静かに笑みを浮かべ、息を引き取った。

「ウオ〜〜ッ！」

息子の虎は、満月の夜空に向かって、号泣した。


佐藤二郎は、小学校の教師である。五十を過ぎて、まだ独身であった。

理科の実験室——

佐藤先生は、笑顔で言った。

「今日は、〝混合物と化合物〟について、勉強しよう！　机の上には、鉄の粉と硫黄の粉末が別々の容器に入れてある。これらを一か所に集め、混ぜ合わせてみよう！」

子供達は、面白そうに取り組んだ。

先生は、「十分混ざったかな？　……これに磁石を近づけてみよう。さあ～～どうなるかな？」

「鉄の粉が、どんどん磁石にくっ付いてる～～！」

子供達は、歓声を上げた。

佐藤先生は言った。

「そうだね。鉄の粉は、すべて磁石にくっ付いた。残ったのは、硫黄の粉末だけだ。この様に、混ぜ合わせても、簡単な方法で、元の物質に分ける事ができる物を、混合物と言うんだよ」

生徒は、熱心に聞いている。

先生は、「次に、もう一度、混ぜ合わせてみよう。今度は、これに熱を加えるとどうなるかな？　アルコールランプの用意はいいかな」

硫黄独特の臭いが立ち込める中、混合物は、少しずつ変化してゆく。

子供達は、食い入る様に、観察している。

先生は、「もう火を止めていいよ。冷めるのを待って、これに、磁石を近づけてみよう！」

だが、磁石を近づけても、くっ付くものはない。

先生は、「これは、硫化鉄と言って、鉄でも硫黄でもない新しい物質に変わったからなんだ。この様に、混ぜ合わせる前の物質に、簡単に分ける事ができない物を、化合物と言うんだ」

佐藤先生は、ニコニコ笑いながら、生真面目なA君を指名した。

「A君、真鍮《しんちゅう》という金属を知ってるかな？」

A君は、緊張して答えた。「あ、ハイ。銅と亜鉛の合金です」

先生は、言った。

「そうだね。では、真鍮の様な合金は、混合物なのか化合物なのか、どっちだろ？」

A君は、少し考えてから答えた。

「化合物だと思います」

先生は、「なぜ？」

A君は、頭を掻きながら、「真鍮から、銅と亜鉛を簡単に分離する事は、難しいと思います」

佐藤先生は、「なるほど……」と、言った後、ニヤリと笑った。

「A君、ごめんネ。合金は、混合物でも化合物でもないんだ。融合物と言うんだよ」

佐藤二郎は、授業を早めに切り上げ、街に繰り出した。小腹が減ったので、何時もと違う路地に入って行った。寿司屋の看板を目にして、入った。

にぎりを注文し、トロを口に入れた時、店の主人が言った。

「お客さん、格好悪い食べ方しなさんなよ。舌の上には、ネタをのせるのが、一番旨い食べ方なんだよ！　白飯《シャリ》をのせちゃ、駄目だよ！」

佐藤二郎は、（腹の中に入りゃ、同じじゃないか）と、思ったが、「なるほど、そうですね……」と、相手に合わせておいた。

店を出て、佐藤は苦笑した。

（下町には、ああいう小煩いオヤジがいるもんだな……）

町の空手道場に、週2回、佐藤は通っていた。今年になり、待望の黒帯を貰った。他人より少し時間が掛かったが……。

道場に入ると、若い内弟子が、道場生を集めて言った。

「師範の先生が、急用で休まれる事になり、今日は、私が、代稽古を務めさせて戴きます！」

内弟子は、一生懸命に気合いを入れ、道場生に、号令を掛けた。突きの練習、捌きの練習等を、先頭に立って、引っ張っていった。

だが、師範の先生の時とは、微妙に、違う。周囲の緊張感とか、集団を束ねる力とか、だ。

佐藤は思った。

（集団というものは、号令者によって変わる。日本では、それが、顕著である）

稽古を終えた佐藤二郎は、体温が上がり、アドレナリンが増えた。

……すると、今まで抑えていた黒い欲望が、ふつふつと目覚めてきた。

……悪魔が囁く……。

路地裏を探して、煙草を吹かし、缶ビールを呷った。……我慢できなくなった。

そして、佐藤二郎は、サイトで知り合った少女を連れて、ホテルに入った。

野良猫のタンゴは、腹が減っていた。不況のせいで、ろくな餌にも有り付けない。慣れない肉体労働でもやり、配給の餌を貰うしかないと思った。

デブのボス猫は、ちらりとタンゴを見て言った。「お前、力仕事初めてらしいが、そんな細い体で大丈夫か？」

タンゴは、答えた。「大丈夫です！　スタイル良くしないと、女の子にモテませんから」

ボス猫は、「甘ったれるんじゃないぞ！　力仕事に、気の緩みは禁物だ！」

「ハ、ハイ……」

ボス猫は、渋い顔して言った。「お前、後ろ足二本で立ってみろ！」

タンゴは、立つには立ったが、ふらふらしている。

「お前、腹筋の鍛え方が足りないんだよ！」

ボス猫が叱ると、タンゴは、涼しい顔をして言った。

「犬や猫の様な四つ足動物には、腹筋などという筋肉は存在しないのでは……骨盤を起こす必要がないから」

ボス猫は、「時代が変わったんだよ！　これからは、我々四つ足動物も、御国《おくに》のために、時々、二本足で立って、奉仕活動せにゃならんのだ！」

タンゴは、「御国のために、ですか……（戦時中じゃあるまいし）」

ボス猫は、労働者である猫共を、一堂に集めて、大いに吼えた。

「重い物を持ち上げる時、一番大事な筋肉は、腰背筋だ！　よう覚えとれっ！」

「ハイッ！」猫共は、緊張して答える。

「この筋の強さで、そいつの力強さが、ほぼ決定する。勿論、腹筋や足腰の筋肉も、補助として大切である。我々肉体労働者にとって、自分の体は、道具である。大工が、ノミや鉋《カンナ》を毎日手入れしている様に、我々も、体の手入れを怠ってはいけない」

「現場の実力は、場数と向上心で決まる！　お前達も、身体能力を向上させ、世の為、人（猫）の為に、役立って貰いたい！」

一同は、真剣に聞いていたが、タンゴには、退屈であり、眠くなった。

ボス猫は、吼えた。

「まず、基礎体力の向上が先だ！　お前達は、毎日百回、スクワットをやれ！」

タンゴは、「猫がスクワットですか？」

ボス猫は、「何だ、お前！　文句があるのか？」

「いえ……豚がスクワットすれば、ヒンブースクワットだったりして……」

ボス猫は、「お前、俺をおちょくってるのか！」

「そ、そんなつもりでは……（シャレです）」

猫達の仕事は、始まった。塵《ゴミ》集めである。各地に散らばっている大量の塵を、仕分けして、一か所に持ち運び、車に積み込むのである。結構、きつい仕事である。

固形状の物やダンボールに詰まった塵は、まだ良いとして、一番大変なのは、ビニール袋に詰まった、半液体状の重い塵である。

タンゴや他の猫達も、苦労していた。そこへ、ボス猫がやって来た。

「こういう塵を持ち運ぶには、要領《コツ》が要る」

ボス猫は、袋の縛り口を摑み、持ち上げて見せた。

「緩みが取れるまで、袋は持ち上がらないだろう？　だから、いきなり力を入れても、緩みで力が逃げてしまう。緩みを取ってから、力を加えなければならない」

猫達は、感心して聞いている。

「さらに、持ち上げる途中、袋の形が変わってしまう。形が変わるという事は、重心の位置が変わるという事だ。だから、〝重心を逃がさない〟という気持ちで、持ち運ばなければならない。つまり、このビニール袋の塵を持ち運ぶには、〝緩みを取る事〟と、〝重心を逃がさない事〟、これが、要領《ポイント》だ！」

ボス猫は、タンゴに命じた。

「お前、やってみろ！」

タンゴは、言われた通りやってみた。

「本当だ！　ボスの言う通りやると、素早く、且つ、最小限の力で、持ち運べます！」

　猫達は、一気に、気合いが入った。……汗をかき、大声を出しながら、作業は続いた。

　そして、ノルマである仕事を終えた猫達は、配給の餌（猫飯《ネコマンマ》）を、各自貰った。

　ボス猫は、「お前、タンゴとか言ったたな。力仕事初めての割には、結構、要領良く熟《こな》してたな……何かやってたのか？」

　タンゴは、「ハイ。合氣道を少し……」

　ボス猫は、「フ〜ン……じゃあ、合氣道の技を、俺にも教えてくれよ」

　タンゴは、「いいですよ。まず四つに組みまして……右上手、左下手、体全体を左に開きながら、投げを打って、相手を崩します」

　ボス猫は、「上手出し投げじゃねぇか！　相撲だろ、これは！　何が合氣道だよ！　植芝先生が、怒ってるぞ」

「すいません……」

「ワハハハ……」

どこまでも、憎めないタンゴであった。

三郎は、コンビニで、パンとコーヒーを買った。不愛想な店員から釣り銭を受け取り、車を走らせた。

車は、クラッチが半分壊れ、アクセルを踏み込んでも、50キロ以上出ない。

後続の車が、煽り運転を続け、大声で怒鳴った。「もたもたすんな！糞馬鹿野郎っ！」

殺意の目で睨み付け、次々と追い越して行った。

三郎は、パンをかじり、コーヒーを流し込みながら、平然と運転を続けた。

(馬鹿を相手にしない事にしている)

三郎は、市街地を離れ、何となく、山間部に向かった。

そして、狭い林道に入った。ガソリンが、切れ掛かっている……。

すると、車体が、ガタガタと揺れ始めた。更に、ボンネットから、黒い煙が、もくもくと立ち上がってきた。

（え……）

ピッ、ピッ、ピッ……と、エンジンの異常を告げる警告灯が、点滅し始めた。

そして、アクセルを踏んでいるのに、スピードメーターが、40……30……20と、どんどん落ちてゆく。

「おい、おい……」

三郎は、車がエンストする前に、安全に停車できる空地を、必死になって探した。

だが、焦って、車はスリップして、崖下に転落した。――そして、炎上した。

間一髪、三郎は、車から飛び出した。……心身にかなりダメージを受けた。

三郎は、当てもなく、ふらふらと、彷徨い続けた。日が暮れて……何時の間にか、地元の海岸付近を歩いていた。

三郎は、へらへら笑いながら、夜の海に飛び込んだ。そして、鯖を求めて、沖に向かって、泳ぎ続けた。

足元も覚束ない老人が、よたよたと、車道を横切っている。女は、見て見ぬ振りをして、歩道を歩いていた。

すると、車の急ブレーキを掛ける音と悲鳴が響いた。関わりたくないので、女は振り返らず、住宅地に向かった。

そして、予て目星を付けていた家屋に、道具を使って侵入した。

男は、屋台で、チャーシューメンを旨そうに食らった。そして、コップ酒を三杯、立て続けに飲み干した。

ほろ酔い気分で、階段を下り、地下鉄の駅に向かった。鼻歌を歌い、踊っていた。

そして、いきなり、女子高生に抱き付き、そのまま、ホームから飛び降りた。


肛門が、痛痒い。安定剤の乱用は、筋弛緩を招き、排便の際、力みすぎて、脱肛になる……。

アキラは、辺鄙《へんぴ》な里山を散策していた。鼻歌を歌い、尻を振りながら歩いていた。

〝金色の葡萄！　超美味！〟

ネットの裏サイトの情報を元に、ほとんど名も知られていないこの村にやって来た。

雑草が生い茂り、荒れ果てた棚田が続く山間部は、異様な程静かで、人の姿が見当たらない。少し歩いていると、畑仕事をしている初老の村人を見つけた。

アキラは、走り寄り、勢い込んで尋ねた。

「あの、すみません……この村では、金色の葡萄が採れるそうですが、本当ですか？」

胡麻塩頭の村人は、アキラを見て、柔和な顔で答えた。

「本当です！　私が、案内してあげましょう」

アキラは、「お願いします！　……金色をした葡萄って、どんな味がするんだろう？　……楽しみだなあ～～」

案内役を買って出た村人は、小さな声で呟いた。「若い者がいなくなった……少数の年寄りだけじゃあ……村も寂《さび》れる一方だよ」

アキラは、同情する様に言った。

「それで、村興しのために、〝金色の葡萄〟を造ったわけですね」

村人は、「その通りです。……金色の葡萄は、山奥にあります」

雑木林が続く山の中に、二人は入って行った。途中、廃鉱と見られる跡地の前には、たくさんの鉄鉱石が山積みされていた。

アキラは、石塊を手に取り、物珍しそうに尋ねた。

「この金色に輝く石は、何ですか？」

村人は、答えた。

「これは、黄鉄鉱と言って、見た目は綺麗ですが、硫黄等の不純物が多い。鉄鉱石としては、赤鉄鉱や磁鉄鉱が主流です」

廃鉱の中には、変色した脊椎動物の骨が散乱していた。

くねくねと曲がった狭い山道を登って行くと、オレンジのつぶつぶが可愛いモミジイチゴが、クヌギの枝に絡み付く様に群生していた。思わず、アキラは、貪る様にちぎって食べた。

「甘酸っぱくて、うまいっ！」村人は、目を細めて頷いた。

アキラは、周囲の草木を掻き分けながら、焦《じ》れったそうに尋ねた。

「あの……まだなんですか？　……金色の葡萄は？」

村人は、笑って答えた。

「うん。……もう少し先だよ」

落ち葉を踏み締め、二人は、獣道を歩き続けた。急な坂道では、湿っぽい砂利に、足元をすくわれそうになった。

清流が勢いよく流れる小川を越え、ツワブキが生える藪地に入った時、アキラは、異様な光景を目にして、思わず、足が竦んでしまった。

水がなく、干上がった池。底には、数十匹の錦鯉の死体が散乱していた。腐敗臭が漂う……

アキラは、「な、何ですか？　これは……」

村人は、溜め息を吐きながら言った。

「業者が、一攫千金を目論んで、人工池を造り、大量の鯉を飼った。だが、思った程需要が伸びず、経営は悪化して……遁走《トンズラ》しちまったというわけだよ」

アキラは、暗い気持ちになり、不安感が募っていった。

（来てはいけない所に、来てしまったのかも……）

すると、派手な色の、大きなムカデが、アキラの足元まで近付いてきた。アキラは、飛び上がり、強く踏みつけた。

ムカデは、遺された頭が、地面にへばりつき離れない。ギシギシと音を立てながら、半径二十センチメートルの円を描き続けている。

……バランスを取ろうとすると、奇妙な束縛が、襲い掛かってくる……。

アキラは、幼い頃、父親から激しい虐待を受けた。父親は、普段は大人しい男だが、酒を飲むと一変する。

「何だぁ〜〜その顔は〜〜」

アキラをブン殴る。前歯がへし折れ、血が噴き出す。泣き止まぬアキラを、力まかせに蹴り続ける。

「お、お父さん、ゆるして……」

「うるせぇんだよ！　くそガキがっ！」

母親は、部屋の隅で、震えているだけであった。

躾《しつけ》と称して、父親はアキラに、殴る、蹴るの暴行を連日続けた。

だが、アキラに救いの手を差し伸べてくれる者は、誰一人いなかった。

（このままでは殺される……）

アキラは、鬼の決意をした。

ある時、アキラは、父親が泥酔して寝込んでいるのを確認した。台所から、出刃包丁を取り出した。

そして、迷わず、父親の心臓に突き立てた……更に、首すじに、腹に、

……何度も何度も、突き立てた。

「死ねっ！　死ねっ！　死にくされ〜〜っ！」

殺人鬼と化したアキラは、父親と母親を、心置きなく、虐殺した。

……思い出したくない過去が、アキラを締めつける。アキラは、荒い息のまま、しゃがみ込んだ。

驚いた村人は、「どうしたんですか？　……疲れたなら、少し休みましょう」

村人は、村の民謡とやらを歌い始めた。静かに、ゆっくりと……身振り、手振りを交えて、踊り出した。

アキラは、不安感よりも好奇心の方が勝り、村人に付いて行く事に決めた。

スギやヒノキの針葉樹の林を抜けると、急に、視界が広がり、眩しい太陽が射し込んできた。

そして、高台には、丸太を組んだログハウス造りのレストランが見えてきた。ノウゼンカズラが、茎から気根を出し、壁にへばりつき、朱色の花を下向きに咲かせている。

村人は、アキラの肩を叩き、笑顔で言った。「お疲れさん！　到着したぞ」

だが、アキラは妙に体が重く、素直に喜ぶ気になれなかった。

暗いレストランの中に入ると、テーブルが一つしかなく、客も従業員もいない。

アキラは、呆然として、疲れた体を休める様に、椅子に腰を掛けた。そして、大きく息を吐いた。

——暫くすると、あの村人が、台車を押してきた。

「待たせたね。これが、金色の葡萄だ！」

だが、テーブルに置かれたのは、見た目、普通のカレーライスだ。

アキラは、困惑して言った。

「えっ？　……これは、ただのカレーライスじゃないですか！」

「まあ、食ってみろよ！」村人は、声を荒らげた。

赤黒くぶよぶよした具材を口に入れると、異臭が広がり、苦さと酸っぱさが、ねばねば舌に絡み付き、とても旨いとは言えない。

アキラは、食べるのを止め、立ち上がった。

「僕を騙したんでしょう！　最初から、金色の葡萄なんて存在しなかったんだ……変な味のカレーを食わせやがって……帰るよ！」

村人は、舌打ちをして、怒鳴った。

「料金、一万円、置いていけ！」

アキラは、「え……ぼったくりバーじゃあるまいし、何で、カレー一杯が一万円もするんだよ！」

村人は、醒めた目付きで、「材料の調達や調理に、手間暇掛かるんだよ！」

アキラは、「もう、いいっ！　帰ったら、警察に訴えてやる！」

アキラが出て行こうとした時、村人の破れ鐘の様な大声が、轟いた。

「お前、まだ分からないのか！　このカレーの材料は、人間の内臓なんだよ！」

「ええ～～っ……」

アキラは絶句した。

そして、激しく嘔吐した。「うげぇ～～っ……」

村人は、不気味な顔をして言った。

「金と欲に目が眩んだ現代人は、新しい刺激にすぐ飛び付いてくる。これも、ひとつの村興しだ」

「……」

村人は、言った。

「次に来る客の為に、今度は、お前が、〝金色の葡萄〟になるのだ！」

アキラは、「く、狂ってる……」

村人が、怒鳴った。

「こいつを厨房に連れて行け！」

屈強な男が数人飛び出し、アキラを羽交い締めにして、引き摺って行った。


北風が、舞っている。

黒蟻は、四つ葉のクローバーを探していた。すると、白詰草の花粉を集めていた蜜蜂に出会った。

黒蟻は、羨ましそうに言った。

「蜂さん、俺も空を飛びたいんだよ。どうすればいいんだ?」

蜜蜂は、笑顔で言った。

「お前のその意欲が本物かどうか確かめてやる。声に出して言ってみろ」

黒蟻は、意外な所を突かれ、少し動揺した。そして、自分の本意を、大きな声で叫んだ。

「俺は、空が飛びたいんだ!」

蜜蜂は、怒った。

「声が小さいっ!　口先から声を出すな!　体全体から声を出せっ!

馬鹿野郎っ!」

黒蟻は、一瞬ビビった。

蜜蜂は、更に、吠えた。

「空を飛びたいという願望では弱い！　必ず空を飛んでやるという強い意志を示せ！　もう一度、大きな声で言ってみろ！」

黒蟻は、半分脅かされ、有りっ丈の声を出した。

「俺は、必ず、空を飛んでやる！　必ず、空を飛んでやるっ！」

蜜蜂は、まだ、不満であった。

「もっと声を出せっ！　力を出し惜しみするな！　全身全霊で声を出せっ！」

蜜蜂の容赦のない拷問は、果てしなく続いた。その内、黒蟻は、疲労困憊して、意識朦朧となり、空を飛びながら気を失った。

澄みきった空気が流れている。高原では、乳牛の群が、のどかに、牧草を食んでいる。

男は、鼻歌を歌いながら、乳を搾っていた。「ラララ～～」

そして、優しく、牛に語りかけた。

「新しい仕事が入ったようだ」

（まぁ、久しぶり……がんばってネ）

「ありがとう！」男は、身支度を調えた。

――バイクが、ある目的地に向かって、暴走している。全身刺青の大男は、百キロを超す猛スピードで、赤信号を次々と無視して、飛ばしている。

「オラ、オラ、邪魔だ～～！　どけ！　どけ～～っ！」

同じ頃、別の道路を通り、同じ目的地に向かっている車があった。

ジープを改造したその車は、ロックのミュージックを大音響でがなり立てながら、爆走していた。

「キャッハハハ……」

後部座席では、裸の男女が酒を喰らいながら、セックスを続けている。

横断歩道を渡っていた老人を撥ね飛ばしたが、悪びれる事もなく、更に、スピードを上げた。

「もたもたすんなよ！　ババァっ！」

狂走を続けた二台の車は、郊外にある山間部の台地に集結した。

「おおっ！　お前達も、呼ばれたのか？」

「そうだ！　総長《リーダー》の召集がかかってな……それにしても、チンケな所だぜ。……リーダーの姿が見当たらねぇな」

不良達は、灌木に囲まれた空地に、たむろしていた。

——そこへ、真っ赤なフェラーリが、静かに到着した。車から出て来たのは、サングラスに黒いスーツの男だった。

男は、笑顔で言った。

「やぁ、君達、御苦労さん！　君達とは、最初で最後の出会いになるだろう！」

「なんだ？　てめえはっ！」

不良が男に殴り掛かった。男は、半身で躱し、肘で、顎を砕いた。

「野郎っ！」残りの不良共は、戦闘態勢に入った。

その時、男は、ポケットから笛を取り出し、強く吹いた。

「ピュウ〜ッ！　ピュウ〜ッ！」

すると……林の中から、巨大で獰猛な羆が、ぞろぞろ、姿を現した。

「な、何だよ……こいつらは……」不良共は、硬直した。

男は、静かに言った。

「もう一回、笛を吹くと、羆は、お前達に襲い掛かる事になっている」

信じられない顔をして、互いの顔を見合わせた。

男は、言った。「お前達のリーダーなら、ここにいる！」

ビニールシートを剝がすと、両手両足を切断され、舌を引き抜かれた、哀れな姿が、そこにあった。

男は、怒りをブチまけた。

「こいつは、帰宅途中の女子高生を、無理矢理車に押し込め、強姦した上、絞め殺した。極悪非道の屑だ！　死刑になって当然だが、僅か、十年足らずの実刑だ！　出所後も、全く反省の色は見られず、悪事を重ねている」

更に、話を続けた。

「お前達も同じだ！　ストレス解消のために、無抵抗のホームレスを、寄って集ってなぶり殺すとは、言語道断、断じて、許せないっ！」

不良共は、顔面蒼白になった。

「お前達の犯した罪の重さに比べ、罰（刑）が余りにも軽過ぎる。被害者及びその家族が受けた恐怖、苦痛を考えれば、極刑を以て処するのが当然である！」

「お前達の様なこの世に必要のないクズを処分するのが、俺の仕事だ。国家公認の秘密組織、〝裏警察〟だ！」

不良達は、口々に、喚いた。

「悪いのは、リーダーだ！　俺達は命令に従っただけだ。逆らえば、殺される……」

「そうよ！　お金なら、いくらでも出すわ……命だけは、助けて……」

男は、毅然たる態度で、吠えた。

「往生際が悪いぞ、てめえらっ！　俺は、動物と会話ができる特殊な能力を持った人間だ。予め、羆に命じておいた。『一切、手加減する必要はねえっ！　こいつら、全員、一人残らず、ブチ殺せ！』とな！」

「助けてくれ……」

「許して、お願い……」

笛の音が、鋭く鳴り響いた。

「ピュウ～ン！」


ユタカは、球場近くをフラついていた。すると、ダフ屋に絡まれた。

「兄ちゃん！　兄ちゃん！　指定席ないか、指定席ないか。有れば、高く買うよ！　高く買うよ！　兄ちゃん、兄ちゃん」

ユタカは、手を上げ、頭《カブト》を振り、離れ去った。

自信を持って買った馬券が、悉《ことごと》く外れて、イライラしていた。

ユタカは、適当な駅で、電車に飛び乗った。少しうとうとしていると、急に、電車が、右に左に、激しく揺さぶられ、女の悲鳴と金属の軋む音と共に、急停車した。

踏切内で立ち往生した軽トラに、電車が衝突して、脱線したようだ。

(なんなんだよ……)

乗客は、最寄りの駅に向かって、線路内を、黙々と歩き続けた。

……黄色いカンナが群れている。

ユタカは、何となく、裏通りを歩いていた。すると、可愛い娘がいたので、近寄って、声を掛けた。だが、軽く無視され、カッとなり、女の顔を叩き、強引に押し倒した。

その時、若い男が飛び出した。「やめろっ!」と、叫び、ユタカの顔を蹴り上げた。

更に、倒れたユタカの胸を腹を、力任せに、踏みつけた。ユタカは、苦痛を堪え、男の軸足を掴み、足首に噛み付き、肉を喰い千切った。

「ギャ〜〜ッ……」

ユタカは立ち上がり、男の頭を押さえ、その額に、何度も何度も、頭突きを喰らわせた。男の額が、裂けた。

……血まみれになりながらも、タフな若い男は、ユタカにしがみつき、殴り掛かってきた。ふらつきながら、ユタカも、それに応戦した。……その内、二人共、疲労困憊して、路上に倒れた。……荒い呼吸の中、次第に、怒りは消失した。

そして、ユタカは、男と、互いの健闘を称え合い、肩を組んで、飲み屋に向かった。


草木が生い茂る山奥の廃坑から、野ネズミが、ちょろちょろ出て来た。

アセビの実を少しかじって、酔っ払った様にふらふらしている。竹林に入り、枝から枝へ飛び移り、つるが絡み付いた野葡萄の青、白、紫の実を頬張った。心地好い違和感で、全身がブルブル震えてきた。

そして、ハシリドコロ、ヨウシュヤマゴボウの果実を、ひたすら喰い続けた。グガ、グガ……声にならぬ声を発した。

鷹が、大空を悠々と飛翔している。そして、抜かりなく、鋭い視線を地上に向けている。

その時、動きの鈍い野ネズミを発見した。急降下して、ネズミを捕獲した。そして、巣に戻った。

鷹の雛は、争う様に、ネズミの肉を喰い千切って、喰らった。

その後、雛は、血を吐いて、狂い死にした。体内から、５０００ミリシーベルトの放射線が飛散していた。

料金受取人払郵便

新宿局承認

7552

差出有効期間
2024年1月
31日まで
(切手不要)

郵便はがき

160-8791

141

東京都新宿区新宿1－10－1

(株)文芸社

愛読者カード係 行

ふりがな お名前			明治　大正 昭和　平成	年生　歳
ふりがな ご住所	□□□-□□□□			性別 男・女
お電話 番　号	(書籍ご注文の際に必要です)	ご職業		
E-mail				
ご購読雑誌(複数可)		ご購読新聞	新聞	

最近読んでおもしろかった本や今後、とりあげてほしいテーマをお教えください。

ご自分の研究成果や経験、お考え等を出版してみたいというお気持ちはありますか。

ある　　ない　　内容・テーマ(　　　　　　　　　　　　)

現在完成した作品をお持ちですか。

ある　　ない　　ジャンル・原稿量(　　　　　　　　　　　　)

書　名				
お買上 書　店	都道 府県	市区 郡	書店名	書店
			ご購入日	年　　月　　日

本書をどこでお知りになりましたか?

1.書店店頭　2.知人にすすめられて　3.インターネット(サイト名　　　　)

4.DMハガキ　5.広告、記事を見て(新聞、雑誌名　　　　)

上の質問に関連して、ご購入の決め手となったのは?

1.タイトル　2.著者　3.内容　4.カバーデザイン　5.帯

その他ご自由にお書きください。

(　　　　)

本書についてのご意見、ご感想をお聞かせください。

①内容について

②カバー、タイトル、帯について

弊社Webサイトからもご意見、ご感想をお寄せいただけます。

ご協力ありがとうございました。

※お寄せいただいたご意見、ご感想は新聞広告等で匿名にて使わせていただくことがあります。

※お客様の個人情報は、小社からの連絡のみに使用します。社外に提供することは一切ありません。

■書籍のご注文は、お近くの書店または、ブックサービス(0120-29-9625)、セブンネットショッピング(http://7net.omni7.jp/)にお申し込み下さい。

南東の空に、おとめ座のスピカが輝きを増す頃、山野では、待宵草が、山吹色の花弁を開き始めた。

すると、花の蜜を求めて、スズメ蛾が舞い降りた。甘い空気が揺れる……。

超音波を感じた瞬間、コウモリが、蛾に襲い掛かり、喰い殺した。

食い過ぎたコウモリは、塒《ねぐら》に帰る途中、強風に煽られ、ブナの大木にブチ当たり、気を失って、地面に落下した。

すると、草叢から、シデムシ、ゴミムシ、オサムシ、ハンミョウ……が、次々と現れ、まだ生温かいコウモリの体に群がった。更に、ハエ、ハチ、アブ等が、飛来を続け、コウモリの死骸は、完全に消失してしまった。


霧雨の中、トラックが、林道を疾走している。カーブに差し掛かった時、いきなり、猿が、道路に飛び出した。車は、蛇行しながら、急停車した。運転手は、車から降り、うめき声を上げた。そして、顔の中央に、一つだけある複眼を、大きく見開いた。

地球から少しずつ離れている月。その月の表面に落ちていたとされる石を、鈴木一郎は、オークションで、20万円で落札した。

多分贋物《にせもの》だろうと思ったが、夢があって良いと思い購入した。一郎は、その月の石を、自室に飾った。

妻の和子は、一郎の珍品衝動買いを、怒りを通り越し、呆れ果て、見て見ぬ振りを決め込んでいた。

それから、一郎は急に元気になった。食欲旺盛となり、真面目に、職探しを始めた。

……ところが、3か月後、一郎は、歩道橋から転落して急死した。

目撃者の証言は、「前に歩いている人が、急に、ガクッと膝から崩れる様に倒れ、悲鳴を上げて、階段から転げ落ちました。私は、すぐ、救急車に連絡しました」。倒れた一郎の傍には、菓子箱が落ちていた。

警察は、自殺や他殺ではなく、事故死だと断定した。

だが、鈴木一郎を診断した医師によると、一郎の体は、血糖値も尿酸値も異常に高く、特に、骨組織は、ボロボロに腐敗退化していた。更に、地球上には殆ど存在しない元素が検出された。

そこで、警察は、妻和子が仕組んだ、未必の故意を狙った犯行も視野に入れ再捜査したが、確証は得られなかった。

あの月の石は、一回り小さくなっていた。


光ゆらめく小川の辺りに、赤毛のウサギが、ふらりとやって来た。カラスアゲハが、湿地に降り、水を吸っている。水中では、オタマジャクシが、岩の苔を舐めている。

バシャッ、バシャッ……赤毛ウサギが、イモリを捕獲した。味わっていると、背後に、殺気を感じた。

振り返ると、数匹の黒毛ウサギがいた。鋭い前歯を剝き出し、唸り声を上げている。

前方の一匹が、襲い掛かった。赤毛は、ヒョイと避けたが、横から嚙み付かれた。赤毛は、振り解き、相手の喉を嚙み切り、高く飛び上がった。そして、黒毛のボスの体を摑み、急所を嚙み潰した。ボスが悲鳴を上げると、残りの黒毛は、四方八方に逃げ去った。

すると、草藪から、ぬっと、黒毛のイノシシが現れた。舌舐めずりしながら、ゆっくりと、赤毛ウサギに近づいてきた。そして、いきなり猛スピードで、赤毛に体当たりを喰らわせた。

赤毛は、弾き飛ばされたが、すぐ立ち上がった。イノシシは、止めを刺す様に、牙で赤毛を刺し、空中高く放り上げた。赤毛は、勢いよく地面に叩き付けられ、体を震わせながら、動かなくなった。イノシシは、悠々と、立ち去った。

……意識朦朧となりながら、赤毛は、ゆっくり立ち上がった。傷だらけの体から、血が落ちている。動いた跡が、血の線《ライン》となった。

大地に、３ｍ、６ｍ、７ｍの三角形を、血で描いた。その隣に、半径約１・７ｍの、ぎこちない円を描いた。……そして、赤毛ウサギは、倒れた。

結果的に、三角形と円は、ほぼ、同じ面積であった。

三角形と円の中心を結んだ線の方向、上空高く、かに座のプレセペ星団が、ぼんやりと輝いている。

そして、其処から、ある情報が発信された。エネルギーを伴った情報は、時空を超え、宇宙空間を暴走した。……やがて、赤毛ウサギの体を、直撃した。

すると、赤毛の体が、少しずつ裂けて、中から、無数の小さな蟹が、ぞろぞろ出て来た。蟹達は、互いに、共喰いを始め、生き残ったモノは、より大きく成長した。最後に、生き残った蟹は、巨大な大きさとなった。

海鵜が、黒い羽を激しく上下動させ、海面スレスレを飛んでいる。銀白色のメナダが、空中高く飛び跳ねた。

砂浜では、熱きバトルが繰り広げられていた。

トカゲが、フナムシを追い掛けていた。そのトカゲを、アオダイショウが追い掛けている。猫が、青大将を追い掛けていた。更に、ダニが、猫を追い掛けている。そして、フナムシが、ダニを追い掛けていた。

ぎこちない楕円運動は、変形しながら、ゲーム感覚で延々と続いていた。

ブリは、カタクチイワシを喰らいながら、物思いに耽っていた。

（……落とし前を付ける時が来た）

このブリは、全長20㎝大のワカシ、ツバスと呼ばれた子供の頃、なぜか軟弱だったので、同属のヒラマサやカンパチから、散々苛められた。

苛めた側は忘れるが、苛められた側は、一生忘れないものだ。古傷が痛む度に、怒りが込み上げてくる。

ブリは、ヒラマサとカンパチに声を掛け、真剣勝負に挑んだ。10㎞のコースを、誰が最速で泳ぎきれるかというゲームである。

スピードには絶対の自信を持つヒラマサは、すぐ承諾した。普段から、ブリに対して上から目線のカンパチも、笑って了承した。

大海原を、ブリ、ヒラマサ、カンパチは、三者三様のリズム、タイミングで、全力疾走した。

序盤は、死に物狂いのブリが先頭であったが、中盤を越えてから、だんだん失速して、ヒラマサに追い抜かれた。

更に、アラメやカジメが海底に群生している終盤になると、せせら笑うカンパチにも、追い越されてしまった。

結局、10㎞のレースの順位は、ヒラマサ、カンパチ、ブリであった。ヒラマサとカンパチは、互いの健闘を称え合い、ブリに対して、軽蔑する様に嘲笑した。だが、全力を出し切り、疲労困憊していた。

余力を残していたブリは、ヒラマサとカンパチを賞賛し、自らの非力を認めた上で、さっさとその場を離れた。

……そして、ある地点で、海底に合図を送った。すると、……砂泥を撥ね上げ、全長10メートルを超すモンスター蟹が現れた。

体力を消耗し、動きの鈍いヒラマサとカンパチは、モンスター蟹にい い様に、切り刻まれ、喰い殺された。

ブリは、アイナメを頰張りながら、ほくそ笑んだ。

生温かい潮風が、心地好い。トオルは、熟睡していた。遠くで、波の打ち寄せる音が、次第に近付いてきて……段々、大きくなってきた。

ドン！　ドン！　ドン！

安アパートの戸を、激しく叩く音が、続いている。

（何？　……朝っぱらから……）

女が戸を開けると、強面《コワモテ》の男が、二人立っていた。

「田中トオルがいるだろ？」

女は、悲鳴を上げた。

「あんたぁ～～警察よ～～～！」

寝起きのトオルは、窓から飛び出たが、すぐ捕まった。

取調室――

刑事は、言った。

「お前、昨夜の午後10時頃、どこにいた？」

トオルは、答えた。

「自宅《ウチ》で、彼女と遊んでましたよ」

刑事は、「近くのコンビニで、強盗傷害事件があった。店長は、ナイフで腹を刺され、売上金が盗まれた。……お前が、犯ったんだろう！」

トオルは、「ち、違う！　俺じゃねぇ！」

刑事は、「お前、数日前に、店長と激しく言い争っていた様だな」

トオルは、戸惑った。

「あ、あれは……レジの対応が悪かったから、注意しただけだ……」

刑事は言った。

「怒りが収まらず、ナイフを持ち出して、凶行に及んだという事か！」

トオルは、「違うと言ってるだろうっ！　……俺が犯ったという証拠でもあるんですか？」

刑事は、「防犯ビデオに映った目出し帽の男、お前と背格好が、殆ど同じなんだよ！」

トオルは言った。

「刑事さん、俺は左利きだぜ、右手でナイフを握れないよ」

刑事は、「初耳だな……お前、いつから左利きになったんだ。……まぁ、それはそれとして、お前には、別の問題がある」

刑事は、立ち上がり、遠くを見る様に言った。

「お前の家の近くに、資材置場があるだろう。そこで番犬として飼われていた犬が殺された。お前が、殺ったんじゃないのか！」

「し、知らねぇ……俺じゃねぇ……」

トオルは、動揺した。

刑事は、忌ま忌ましそうに言った。

「お前も、厄介な事をしてくれたもんだな。……犬の飼い主、誰だか、分かってんのか！」

「……」

刑事は、「地元暴力団の組長なんだよ！」

「ええ～っ……」

トオルは、仰天した。

刑事は、「『犯人を捕まえたら、組へ差し出せ！　落とし前をつけてやる！』と、組員が、電話で喚いてんだよ！」

トオル、沈黙。

「殺された犬の方には、人間の皮膚組織が付着していた。……お前、その腕の傷、犬に噛まれた傷じゃないのか？」

「ち、違う！　これは、転んで擦り剝いただけだ……」

刑事は、言った。

「ごまかしても駄目だ！　ＤＮＡ鑑定すれば、すぐ分かる事だ！」

トオルは、ガックリ項垂れた。

「……あのバカ犬、夜中でも、意味もなく、吠え続けやがる。煩くて、寝られない事もある、近所迷惑な犬なんだ。……だから、俺が始末してやった。良い事をしたんだよ！」

刑事は、呆れた顔をして言った。

「だったら、組長にそう言うんだな。……おっ、丁度、署の前に、外車《ベンツ》が到着したようだ。お前も、快く、御招待をお受けしろ！」

トオルは、慌てた。

「ちょ、ちょっと待てよ！　俺を見殺しにする気かよ……こういう時、市民の命を守ってくれるのが、警察の役目じゃないのかよ！」

刑事は、冷たく言った。

「前のある奴を守ってやる程、警察は甘かねぇんだよ！」

トオルは、「それでも警察かよ！　何て奴らなんだ！　どいつもこいつも！」

トオルは、車に乗せられ、組長宅に連れて行かれた。

応接室――

「お前か？　可愛いタローを殺ったのは！」

恐ろしい形相をした組長は、トオルを睨めつけた。トオルは、恐怖のあまり、視線を合わせられず、俯いたまま、固まっていた。

組長は、葉巻を吹かしながら言った。

「この場で始末しても良いんだが……まぁ、民主主義の世の中だ。お前にも、助かるチャンスをやる」

テーブルには、回転式拳銃が置かれた。

組長は、言った。

「ロシアンルーレットを知ってるな。シリンダーには、6つの穴があり、実弾を3発装填した。死ぬも助かるも、五分と五分だ。……だが、このゲームを断れば、その場で、ブッた斬る！」

刀を構えた組員が、トオルを取り囲んでいた。

組長は、吠えた。

「お前の助かる道は、一つしかない！　引き金を引き、運良く、空砲を撃つ事だけだ！」

トオルは、心臓が凍り付き、頭の中が真っ白になった。全身の震えが止まらず、気を失いそうになるのを、必死に堪えた。

「どうした？　早くやれ！」組長が、急かす。

……トオルは、覚悟を決めた。

銃を取り、シリンダーを回す。……震える手で、銃口を、額《コメカミ》に当てる。

……引き金に、指を掛ける。（南無三……）カチッ！

空砲であった。その瞬間、組員が、一斉にトオルに襲い掛かった。

「待てっ！」組長が制した。

組長は、不敵な面で、「お前、良い度胸してるじゃねぇか。……仕事ねえなら組《ウチ》へ来い。面倒見てやるぞ」

トオルは、か細い声で言った。

「あ、ありがとうございます……か、考えておきます（んなわけ、ねえだろ）」

トオルは、組長の家を出た。極限状態の恐怖と緊張から解放され、涙が出てきた。

「くっく……はは……」

生きている事の喜びを、ひしひしと感じ、笑いが込み上げてきた。笑いながら、泣いていた。

ドシャ降りの雨の中、トオルは、涙と小便を垂れ流しながら、帰路についた。

〝幅員狭小につき、通行御遠慮下さい
〇〇自治会〟

防波堤脇の小道を、10トントラックが疾走している。すると、前方に、道の真ん中を、赤シャツの男が巨体を揺すりながら、悠々と歩いていた。トラックの運転手は、クラクションを鳴らしたが、赤シャツの男は、道を譲ろうとはせず、平然と歩き続けている。

運転手は、車を止め、窓から顔を出して叫んだ。

「オ〜イッ！　おっさん、道あけてくれよ〜っ！」

赤シャツは、ゆっくり振り返り、運転手を睨み付け、大声を出した。

「うるさいっ！　お前こそ邪魔なんだよ！　この道は、トラックが通れない筈だ！」

そして、トラックに近付き、フロントガラスに石ころをぶつけ、車体を蹴り上げ、小便をブッ掛けた。運転手は、車から飛び降りた。

「何をする！　やめろっ！」

赤シャツは、運転手に、体当たりを食らわせた。二人は、殴ったり、蹴ったり、喚《わめ》き合いながら、喧嘩を始めた。

すると、防波堤の上に腰を掛け釣りをしていた男が、立ち上がり、大声で怒鳴った。

「お前ら、うるさいぞ！　魚が逃げちまうじゃないか！　静かにしろ！」

釣りをしていた大男は、石段を下りてきた。

「馬鹿な真似は、止めろと言ってんだよ！」

赤シャツは、「部外者は、引っ込んでろ！」

釣りの男は、「部外者とは何だ！　俺を誰だと思ってるんだ！　警察官の〝宮本さん〟だぞ！」

赤シャツは、「それがどうした！　……警察官なら、なぜ注意しない？　この道は、大型車通行禁止の筈だ！」

トラックの運転手は、「この先に、車の解体工場があるんだ。そこの資材を積んでいるんだ。この道を通るのが、一番近道なんだよ……分かっちゃいるが、こっちも生活が掛かってるんだよ！」

宮本は、「そういう事だ。大目に見てやれよ。……それに、あんたも道の真ん中をふらふら歩いてたんじゃ、後ろから来る者の邪魔になるだろう」

赤シャツは怒った。

「話をスリ替えるなよ！　条令を守らせるのが、警察の仕事だろう！

……お前ら、グルか！　不正を見逃す代わりに、リベートを要求して、甘い汁を吸ってんだろ？　どうしようもねえな、お前ら警察はよ！」

宮本は、声を荒らげた。「おい！　口の利き方に注意しろよ！　言って良い事と悪い事があるぞ」

赤シャツは、開き直って、咆えた。

「そう言うアンタは、言って良い事と悪い事の区別は付いているのか！　ボンクラ刑事さんよ！」

「何だと、この野郎っ！」

遂に、宮本も喧嘩の輪に入り、三人は、組んず解れつの取っ組み合いの大喧嘩を始めた。

この騒ぎに、近くの家で飼われていたニワトリが、けたたましく鳴き出し、釣られて、犬まで激しく吠え立てた。防波堤の上で休んでいたサギが、不快そうに飛び去った。

10分後、三人のデブは、警察署に連行された。

村田雄三は、ふらりと、場末のスナックに現れた。すると、カウンターで、ホステスと談笑している男性が、気になった。

どこか、聞き覚えのある声、昔、見た事がある顔であった。

村田は、男に近づき、声を掛けた。

「あんた、山田一郎さんやろ?」

男は、不審そうに、振り返った。

村田は、「俺や、村田雄三や! 小学校、中学校、同級生やった……」

男は、急に、相好を崩して、「村田かぁ〜! 久しぶりやな〜〜お前、全然、変わってないな……」

村田は、ホステスにウインクして、「それは、こっちのセリフや……お前、仕事、何してんのや?」

山田は、「公務員だ」

村田は、「公務員か……一生安泰やな。お前、結婚してんのか?」

「ああ……中学生の子供が一人だ」

「俺は、優雅な独身貴族よ……と言っても、バツ一、バツ二か……」

笑顔の可愛いホステスの由美が注いでくれたビールを、村田は、一気飲みした。

すると、山田は、急に立ち上がり、「村田、悪いな、用事があるんだ。話の続きは、また今度」

そそくさと、出て行った。

村田は、「なんなんだ、山田の奴！　三十年ぶりに再会した級友に対して……しようも無いな……」

由美は、村田に顔を近づけて言った。

「山田さんは、刑事なのよ」

「へ～ホンマか……くそ真面目な山田らしいわ」

村田は、焼酎をストレートで、三杯飲みほした。気分良くなり、カラオケで、〝別れても好きな人〟を、由美とデュエットした。

村田は、由美の乳首を、やさしく撫でながら言った。「由美ちゃん。今夜、俺と楽しまへんか?」

由美は、「ごめんなさい。今日は、ダメなの」

村田は、「イケメンの彼氏とデートか?」

「そう」

「それなら、次の予約を入れとくわ」

村田は、「俺は、アッチの方も、まだまだ若い奴に負けへんで。俺の自慢のイチモツを見せたろか。見たいやろ?」と言って、ズボンを脱ぎ始めた。

「やめてよ〜〜」

「ギャハハハ……」

数日後、村田は、コンビニのバイト帰りに、何となく、裏道を歩いていた。すると、急に、立ち止まった。

サングラスにマスク姿の男が、若い女を連れて、ラブホテルに入って行った。

「あの男……山田やないか？　……まさか……警察官が不倫はないやろ……」

村田雄三は、昔、競馬で、偶然、万馬券を引き当てた事があった。その時の震える快感が忘れられなくて、競輪、競馬、競艇……と、公認賭博にはまっていった。

長い目で見れば、当然、マイナス勘定になると分かっていても、ギャンブルを完全に断ち切る事はできなかった。軍資金が底を突けば、パートや訪問マッサージで、日銭を稼ぐ生活を送っていた。

このところ金の余裕ができたので、村田は、久しぶりにスナックに姿を現した。だが、由美はいなかった。由美は、体調を崩して、二、三日休んでいるという。心配になった村田は、由美のマンションを訪ねた。

由美は、少しやつれた風で、顔は、赤黒く腫れていた。発熱によるものではなく、殴られて腫れた様であった。手足にも、似た様な痣《アザ》が見られた。

驚いた村田は、「誰に殴られたんや？　……まさか、山田か？　……山田にやられたんか！」由美は、涙を浮かべ、小さく頷いた。

「山田の奴！　許さへんで！」

村田雄三は、拳を強く握り締めた。

村田は、頃合いをみて、山田と連絡を取り、公園で待ち合わせた。

村田は、話を切り出した。

「一か月位前、お前とよく似た男が、女を連れてラブホに入ったのを見たんや。あれ、お前と違うか？」

「人違いだろう！　俺がそんな事をするわけがない」山田は、強く否定した。

村田は、「まあ、不倫やエンコは、大目に見たるわい。……山田！お前、ホステスの由美を殴ったのは本当か？　女の子に暴行を加えるとは何事や！　それが、警察官のやる事か！　ちゃんと説明せいっ！」

山田は、黙ったまま、視線をそらした。

村田は、「由美から聞いたで……お前、学生時代に秘密があるらしいな。山田、学生時代の秘密って何や？」

すると、山田は、懐から、拳銃を取り出した。村田は、「何のまねや……俺を殺して、話をウヤムヤにする気か。お前が、それで気が済むならそうせえ。親友のお前に殺されるなら、俺も本望や。やれるもんなら、やってみろ！」

山田は、「だめだ……」と、小さく呟き、銃口を、自分の頭に向けた。

村田は、「やめんかいっ！　山田！　お前が死んでどうなるんや！やめんかいっ！」

乾いた拳銃音と共に、山田一郎の体は、力なく崩れ落ちた。

村田は、動かなくなった山田の体を、抱き寄せ、号泣した。

「なんでや～～！　山田ぁ～～！　なんでや～～っ！」

その後、村田雄三は、魂の抜けた廃人の様に、ふらふらと、辺りをさまよい続けた。居酒屋を数軒はしごして、浴びる程酒を喰らった。そのうち意識朦朧となり、血を吐いて路上に倒れた。

気が付くと、病院のベッドに寝かされていた。医者は、「急性アルコール中毒ですね」と言った後、つけ加えた。「村田さん、別の内臓疾患が疑われます。大きな病院で診察を受けて下さい」

数日後、村田雄三は、総合病院を訪れた。検査の後、内科の医師は、厳しい顔をして言った。

「村田さん、今まで健康診断を受けられた事はありますか？」

村田は、「ないです」

「……御家族の方は、おられますか？」

「先生、はっきり言って下さい。覚悟はできています」

医師は、「村田さん、あなたの体は、癌の末期です。胃癌が転移して、肝臓にも癌の組織が増えています。このまま放置すれば、あなたの命は、あと一年、否、半年もつかどうか分からない」

村田は、「そうですか……手術をすればどうなりますか？」

「手術しても、延命効果が一年あるかどうか……」

長い沈黙の後、村田は言った。

「先生、あと半年待って下さい。その時、結論を出します」

……季節は、淡々と、移ろいでゆく……。

北風の強い日、村田雄三は、再び、病院を訪ねた。

CTの画像を見た医師は、腰を抜かす程、驚いた。

「ない、なくなっている！　半年前まで全身に蔓延《はびこ》っていた癌の組織が、きれいになくなっている！」

医師は、「村田さん、何をされたんですか？　別の病院で手術か何か、特別な事をされたんですか？」

村田雄三は、静かに言った。

「朝、昼、晩、一時間ずつ、一日三時間、腹式呼吸をやりました。半年間、毎日やり続けました。その結果です」

医師は、「腹式呼吸？……確かに、呼吸法は体に良いとされているが……私は、三十年以上、医者をやっているが、呼吸法で癌が完治した例など聞いた事がない。村田さんが、初めてだ。……それにしても、あんたの生命力は、すごいもんだ」

村田は、「いや、わしの力というより……身内の恥をさらす様ですが、私には、妹がいたんです。ところが、子供の頃、急に姿を消して、行方不明になりました。周囲の者は、『いじめにあって、自殺したんだ』と、噂しました。でも、未だに、死体は見つかってないんです。私は、妹は、どこか別の所で生きていると信じています」

「天の神様が、『今度こそ、元気な妹に会わせてやる』言うて、私の命を助けてくれたと思うちょります」

黙って頷きながらも、医師の目には、光るものがあった。

粉雪が舞っている。暦の上では春になったが、朝晩の冷え込みは厳しいものがある。それでも、梅の木は、春を先取りするかの様に、花の蕾を大きく膨らませていた。

著者プロフィール
青山 栄皇（あおやま えいこう）
愛媛県在住。

インパチェンス

2023年10月15日　初版第１刷発行

著　者　青山 栄皇
発行者　瓜谷 綱延
発行所　株式会社文芸社
〒160-0022　東京都新宿区新宿１－10－１
電話　03-5369-3060（代表）
03-5369-2299（販売）

印　刷　株式会社文芸社
製本所　株式会社MOTOMURA

ISBN978-4-286-24570-6